당신은
어떤 씨앗인가요

2023.12
김청귤

제습기 다이어트

제습기 다이어트

김청귤

위즈덤하우스

엄마는 집을 청소하고 가꾸는 걸
좋아하신다. 게다가 제습기를 산 뒤로는
물건이 마음에 들었는지 한 달에 한 번
옷장 문을 활짝 열어두고 제습기를 틀기
일쑤였다. 내가 느끼기에는 하나도 습하지
않은데 말이다. 그래도 몇 시간 후에 보면
물통에 물이 꽤 차 있어서 신기했다. 도대체
이만큼이나 되는 수분이 어디에 숨어 있던
걸까? 엄마는 찰랑거리는 물통을 나에게
보여주며 웃었다. 엄마가 즐거워하는 것

같아서 나도 즐거웠다.

그동안 내 방에 제습기를 틀 때면 나는 주로 거실에 있거나 식탁에 앉아 커피를 마셨는데, 그날따라 너무 피곤해서 침대에서 일어날 수가 없었다.

"우리 딸 졸려? 자려고?"

"응, 왜?"

"아니, 제습기 틀어두려고."

"제습기? 틀면 되잖아."

"혹시 우리 딸 미라 되면 어떻게 해!"

재밌다고 깔깔거리는 엄마를 보니 웃음이 나왔다. 우리 엄마 농담은 알아줘야 한다니까.

"차라리 미라 되면 좋겠네! 나 잘 거니까 불도 꺼줘."

"그러게. 그러면 날씬하긴 하겠지. 잘 자."

엄마가 불을 끈 뒤 문을 닫고 나갔다. 암막 커튼 때문에 방 안이 어두컴컴했다. 조용히

우는 제습기 소리를 ASMR 삼아 잠이 들었다. 그러나 엄마의 농담을 흘려들으면 안 됐던 걸까? 아니면 내 입이 문제였을지도.

난 미라가 되고 말았다.

무척 피곤해서 정신을 못 차릴 정도였는데 자고 일어나니 몸이 가벼웠다. 방이 아직 밝아서 오래 잔 것 같지도 않았다. 짧고 굵게, 아주 끝내주는 낮잠을 잤다고 생각했다. 침대에서 일어나 슬리퍼를 신고 주방으로 갔다. 물을 마시려던 순간 너무 놀라서 비명을 지르며 컵을 떨어뜨렸다. 내 비명을 듣고 안방에서 드라마를 보고 있던 엄마가 놀라서 괜찮냐며 소리를 질렀지만 답할 수가 없었다.

내 손목이 한 손에 잡힐 정도로

가느다랬다. 손목뿐 아니라 손가락도
가늘고 팔도 가늘었다. 얼굴을 더듬거리자
통통하던 볼살이 하나도 잡히지 않았다.
그뿐만 아니었다. 배는 홀쭉하고 허리도
엄청 가늘었다. 두 손으로 잡으면 손가락이
닿을 정도였다. 고개를 숙여 내려다보니 뼈가
도드라진 발등이 보였다. 손으로 허벅지를
매만지는데 탄력 있는 살이 하나도 없었다.
내가 아무 말 없자 걱정되었는지 엄마가
주방으로 왔다.

"괜찮아? 왜 말이 없……. 딸……? 딸이야?"

"나, 나……."

놀라서 입이 벌어진 엄마를 지나쳐
화장실로 들어가 거울 앞에 섰다. 거울 속의
나를 보자마자 이런 생각이 들었다.

예쁘다.

얼굴 중심에 있는 오똑한 코가 제일 먼저

눈에 들어왔다. 평소처럼 서 있는데도 늘 접혀 있던 이중 턱이 온데간데없이 사라졌다. 턱과 목을 한껏 붙여도 접히는 살이 없었다. 힘을 주지 않아도 평소보다 훨씬 더 커 보이는 눈과 마주쳤다. 도드라진 쇄골을 어루만지고 뼈밖에 없는 팔뚝에 힘을 줘봤다. 단단하고 딱딱했다. 살아 있는 걸 만지는 느낌이 아니었다. 손끝을 세워 두드리자 톡톡 하는 소리가 났다. 정말 뼈 위에 가죽만 두른 것 같았다. 거울 속의 나는 연예인보다 더 마르고 연약해 보였다.

　미라가 되었어도 보기 싫게 마른 게 아니었다. 예뻤다. 곧 다이어트를 해야겠다고 생각은 했는데 이렇게 갑자기 살이 빠질 줄은 몰랐다. 제습기가 내 모든 수분을 빨아들인 것처럼 온몸이 건조했다. 내가 살아 있는 게 맞는지 가슴 위에 손을 얹고 심장박동을 느껴봤다. 그러나 느껴지는 건 아무것도 없었다.

난 죽은 상태인가? 이렇게 움직이는데? 눈을 깜박여보고 기지개도 켜고 콩콩 가볍게 뛰어보기도 했다. 손가락을 접었다가 펴고 발가락도 꼼지락거렸으며 허리를 뒤로 젖혀봤다. 안 움직여진다거나 부자연스러운 동작은 없었다. 스콰을 내리 서른 번이나 했다. 평소였으면 열 번 했을 때쯤부터 힘들어서 얼굴이 빨개지고 심장이 쿵쿵거렸을 텐데 일정한 속도로 끝까지 마쳤다. 다시 한번 가슴팍에 손을 올렸으나 여전히 심장은 뛰지 않았다. 거울 속의 나는 창백했다. 뚱뚱했을 때보다 더 예쁘고 더 건강해졌을지는 몰라도, 살아 있는 것 같지는 않았다. 앞으로 나는 어떻게 되는 걸까.

엄마와 식탁에 마주 앉았다. 엄마는 나를
보면서 연신 내 손을 어루만졌다. 수족냉증
때문에 늘 서늘하던 엄마의 손인데 오늘은
조금 뜨겁게 느껴졌다. 더워서 손을 놔달라고
하고 싶었지만 걱정하는 엄마의 마음을
모르는 게 아니라서 참기로 했다.

"세상에 어쩜 이렇게 갑자기 날씬해지지?"

"뭐?"

"아까 한 말은 그냥 농담이었는데. 어떻게
된 건지 모르겠지만 잘됐다, 선아야. 힘들게
다이어트 안 해도 되고 한 번에 살이 쫙
빠졌잖아!"

나를 걱정한 게 아니었어? 나도 모르게
엄마가 잡고 있던 손을 뺐다. 엄마는 내가
손을 빼거나 말거나 나를 요모조모 뜯어보고
있었다.

"안 그래도 이제 수능도 끝났겠다,

다이어트해야 했는데 잘됐네. 말은 안 했지만, 너 고 3 되고 살이 갑자기 쪄서 엄마가 얼마나 걱정했는데. 스트레스받아서 공부 못 할까 봐 말도 못 하겠고. 어휴, 볼이 살짝 꺼진 게 아쉽긴 하지만 어쩔 수 없지. 피부는 건조해 보이니까 로션 듬뿍 바르자."

"엄마는…… 내가 걱정 안 돼? 살이 빠진 게 아니라 미라가 됐는데?"

"미라면 뭐 어때. 남들은 돈 들여서라도 빼려고 갖은 노력을 하는데, 너는 자고 일어났더니 살이 쪽 빠진 거잖아. 미라라고 해도 보통 사람이랑 똑같은 것 같은데? 이번 설 때 네 큰엄마 코를 납작하게 해주자. 추석 때 여자애가 공부해봤자 뭐 얼마나 잘나가겠냐고 몸매 관리나 하라면서 오죽 속을 긁었니. 내가 어찌나 속상하던지……."

어떻게 하느냐고, 병원에 가야 하는 게

아니냐고 엄마가 울상을 지으면 뭐라고
답할지 생각도 다 해놨다. '어딘가 아프거나
어지럽지도 않아. 속이 답답하거나
울렁거리지도 않고. 오히려 몸이 가벼워. 더
건강해진 것 같아.' 엄마가 나를 무서워하거나
걱정하지 않도록, 침착하고 차분하게 그러나
유쾌하게 말할 생각이었다. 몸이 가볍다며
폴짝폴짝 뛰려고도 했다. 그러나 이렇게 걱정
하나 없을 줄은 정말 몰랐다.

수능 스트레스 때문인지, 원래부터
통통했던 몸이 고 3이 되자 급격하게
불어났다. 교복이 맞지 않아 체육복을 입고
다녔는데 체육복도 작아져 새로 사야 했다.
엄마는 가끔 "대학교 가면 다 빠질 거야"라며
나를 위로하는 건지 자신을 위로하는 건지
모를 말을 건네곤 했다. 진짜로 대학에 붙고
나서 살이 빠졌으니 엄마가 말하는 대로 다

이루어진다고 생각하면 되는 걸까.

"혹시 모르니까 병원에 가볼까?"

"병원은 무슨 병원. 갔다가 연구 대상이
되면 어떻게 해? 피부가 많이 창백하긴
하지만, 칙칙한 것보다는 낫지. 네가 그래도
키는 크잖아. 마르니까 정말 모델 같다. 지금
있는 옷은 다 버려야겠어. 이 옷도 너무 커서
어깨가 훤히 보이네."

밖에 나가려 해도 입을 옷이 없었다.
바지는 하나도 맞지 않았고, 티는 포대를
두른 것만 같았다. 속옷도 맞는 게 없어서
급한 대로 엄마가 한 번도 입지 않은 속옷을
입었으나, 이것도 줄줄 흘러내리기는
마찬가지였다.

"옷부터 새로 사야겠다. 외투는 엄마 거
입고, 내일 백화점에 쇼핑하러 가자. 엄마도
딸이랑 같이 쇼핑해보고 싶었어!"

쇼핑. 나는 그 말을 듣고 망설이다가 휴대폰을 들었다. 미라가 됐어도 지문 인식이 되니 다행이었다. 팬티부터 제일 작은 사이즈로 주문했다. 할머니들이 입을 법한, 꽃무늬가 가득하거나 레이스로 만든 것이 아니라 귀엽고 아기자기한 팬티였다. 가슴도 작아지고 가슴둘레도 줄어서 브래지어는 어떤 걸 살까 하다가 브라렛으로 주문했다.

그다음에 떨리는 마음으로 옷들을 구경했다. 후드 티, 골지 티, 니트……. 예쁜 옷들이 아주 많았다. 프리 사이즈, Free, 내 것이 절대 될 수 없었던 자유. 나는 사람이 아니게 되고서야 자유를 얻었다. 상세 사이즈를 보지 않고 디자인만 보고 고른 건 처음이었다. 품이 넉넉한 후드 티, 제일 작은 사이즈의 고무줄 청바지 하나씩을 장바구니에 담고 엄마 카드로 결제까지 마쳤다.

살이 찌고 나서부터 보통의 온라인 쇼핑몰에서는 아무것도 살 수 없었다. 아무리 예뻐도 내 옷이 될 수 없었다. '빅 사이즈'라고 검색을 해서 들어가도 나를 약 올리는 건지, 마른 사람들이 넉넉한 옷을 입고 자세를 취한 사진만 떴다. 보는 것만으로도 스트레스라서 결국 남성용 바지를 사곤 했다. 엄마는 아빠보다 더 큰 사이즈를 입는 나를 보며 입술만 깨물었다.

백화점에 갈 때 어떤 옷을 입을지 엄마는 벌써 옷장을 열어 살피고 있었다. 이제 수능도 끝났겠다, 내가 살도 빠졌겠다, 아주 신나는 모양이었다. 소란스러움을 뒤로한 채 커피를 마시려고 한 모금 머금었으나 목구멍으로 넘어가지 않았다. 싱크대로 가서 뱉은 다음에 다시 한 모금 삼켜보았다. 여전히 마실 수 없었다. 미라가 되어서 그런지 아무것도 먹을 수가 없었다. 머그 컵을 뒤집자 아메리카노가 줄줄 흘러 하수구로 사라졌다. 나는 그 광경을 멀거니 지켜보다가 방으로 돌아와 침대에 누웠다. 잠이 왔다. 잠을 잘 수 있다니 다행이었다.

다음 날 엄마가 얼른 백화점에 가자고 재촉했다. 인터넷으로 산 옷을 입고 화장실로 들어가 거울을 봤다. 진짜 미라처럼 피부색이 어두워지지 않아서 보통 사람과 별로 다를 게 없긴 했지만 사람들이 나를 어떻게 생각할까 무서웠다. 미라라는 걸 눈치챌까? 좀비처럼 사람들을 공격하진 않을 텐데, 오해해서 나를 죽이려고 하면 어떻게 하지? 어떤 음식물이나 액체류도 섭취할 수 없다는 걸 깨닫고서야 내가 미라가 되었다는 게 실감 났다. 일반 사람과는 다른 그 무언가.

집에서 인터넷으로 쇼핑을 하고 싶었지만, 딸과 함께 쇼핑하길 바라는 엄마의 꿈을 이뤄드리고 싶었다. 매장에 들어갔다가 손님에게 어울리는 옷은 없을 것 같다고 돌려 말하거나, 차라리 남성복 매장에 가는 게 어떻겠느냐고 상냥하게 권하는 일을 몇 번 겪은 후로 늘 인터넷 쇼핑만 했었으니까.

성격이 급한 엄마 손에 이끌려 집을 나섰다. 주말이라 그런지 백화점에는 사람들이 바글바글했다. 다 나를 보는 것 같기도 했고, 지나가는 사람 1을 대하듯 관심 없는 것 같기도 했다. 몇몇 사람들과 눈이 마주쳤는데 뚱뚱해서 쳐다보는 게 아니라 마르고 예뻐서 쳐다본다는 듯 호감이 뒤섞인 눈빛을 하고 입가에 미소를 띤 채였다. 어떤 남자는 나에게 다가오려고 하다가 엄마와 있는 걸 눈치채고 아십다는 표정으로 발걸음을 돌렸다. 넘치는 호감들 속에서 점점 긴장이 풀렸다. 어느 순간부터 시선을 신경 쓰지 않고 쇼핑을 했다. 원래부터 좋아하지 않는 일이라 정신적으로 피곤한 건 어쩔 수 없었지만.

"집에 가고 싶어."

"얘는 벌써부터 초 치고 있어. 이리 와, 손잡고 가자."

뼈마디밖에 없는 내 손의 느낌이 나조차 이상한데, 엄마는 아무렇지도 않은지 꿋꿋하게 내 손을 잡고 걸었다. 전에는 손에 땀이 너무 많이 차서 금방 손을 떼고 걸었는데, 이제 땀이 나지 않아 계속 엄마 손을 잡고 매장 안으로 들어갔다. 들어가자마자 옷을 고르는 엄마를 뒤로하고 소파에 앉아 멍하니 있었다. 직원이 엄마 곁으로 와서 상냥하게 응대했다.

"안녕하세요, 고객님. 찾는 옷이
있으실까요?"

"우리 딸이 곧 대학생이 되는데 어울릴
만한 옷이 있을까요?"

"어머, 따님이 엄청 날씬하고 예쁘네요!
뭐든 잘 어울리겠어요. 얼굴이 하얀 편이니까
어두운 것보다는 따뜻한 색이나 밝은색이 더
생기 있어 보일 것 같아요."

아픈 사람처럼 안색이 창백하고
칙칙하다는 걸 돌려 말하는 걸 보면
서비스직은 서비스직이었다. 엄마가 이리
오라고 손짓을 하는 통에 천천히 일어났다.
직원은 눈을 반짝이며 이 옷 저 옷을 꺼내 내
앞에 대보았다. 그중에서 엄마 마음에 드는
옷을 골라서 내 손에 쥐여주었다.

"가서 갈아입고 나와봐."

"이걸 다 입어보라고?"

"어울리는지 보게 얼른 입어봐!"

엄마는 내가 원래대로 돌아갈 수 있다는
생각을 아예 하지 않는 것 같았다. 갑자기
미라가 됐으면 갑자기 원래 모습이 될 수도
있는 건데.

엄마는 식욕이 없고 입이 짧았다.
스트레스를 받으면 무언가 먹고 싶다는 걸
경험한 적도 없어서 내가 왜 살이 찌는지
이해하지 못했다. 그래도 고 3이 되고 나서는
아침 식사를 챙겨주었고 학원에 다녀와서
먹는 야식으로 샐러드나 그릭요거트, 혹은
식빵 한 조각 같은 걸 준비해주셨다. 내
허기는 탄수화물로만 잠재울 수 있다고
짜증을 내거나 애교를 부려야 겨우 라면이나
만두 등을 먹을 수 있었다.

이런 나를 보며 엄마는 진지하게
걱정된다고 하기도 하고, 농담처럼 선아가

딸인지 곰인지 모르겠다고 웃기도 했다. 네가
돼지냐고 그만 먹으라며 화를 낼 때도 있었다.
그래도 엄마는 본인이 나에게 살 때문에
스트레스를 줬다고 생각하지 않는다.

헐렁한 프리 사이즈 옷을 벗고 엄마가
골라준 옷으로 갈아입고 나왔다. 허리선이
잡혀 있는 원피스였는데 거울 속의 모습을
확인하니 몸에 비해 옷이 커서 어울리지
않았다. 엄마 옷을 훔쳐 입은 아이 같기도
했다. 눈으로 봤으면 옷이 어울리지 않는다는
걸 엄마와 직원도 알 텐데 반응이 나와
달랐다.

"얼마나 날씬한지, 저희 매장에서 제일
작게 나온 사이즈도 크네요! 따님이 혹시 모델
일 하나요?"

"호호호, 우리 애가 모델 같긴 하죠. 그냥
학생이에요, 학생."

"전 모델인 줄 알았어요. 핏이 딱 맞도록
수선하는 것도 좋지만, 이렇게 오버핏
스타일로 여리고 여성스러운 느낌을 살리는
건 어떨까요?"

"좋아요. 선아야, 갈아입고 와."

나는 그 뒤로 몇 번이나 더 옷을 바꿔
입어야만 했다. 어울리는 옷을 몇 벌 사고,
새로 산 원피스를 입은 채 구두와 운동화도
한 켤레씩 샀다. 살이 찌다 못해 발가락에도
쪄서 더 큰 신발을 사야 했는데 살이 빠졌으니
발 사이즈가 줄어든 건 당연한 거겠지. 발톱이
파고들 살조차 없으니 내향성 발톱으로 인한
통증도 없어졌다. 이걸 좋아해야 하는 걸까.
엄마는 지치지도 않는지 이번에는 가방을
구경하자고 했다. 매장에 들어갈 때마다 딸이
너무 예쁘다, 모델 같다는 칭찬을 받으며 활짝
웃었다. 좋은 대학교에 입학한 것보다 더

좋아하는 것 같았다. 나는 한숨을 삼켰다.

　엄마는 행복해했다. 인터넷에서 예쁜 옷을
보면 나에게 말도 없이 주문을 하는 통에 옛날
옷을 남김없이 버렸는데도 옷장이 가득 찼다.
커다란 옷이 남아 있으면 내가 원래 모습으로
돌아가기라도 할 것처럼 굴었다. 지금 옷장에
걸려 있는 옷뿐만 아니라 압축 팩을 꺼내서는
정리했던 여름옷까지 몽땅 버렸다. 엄마의 그
모습이 뚱뚱했던 나를 버리는 것 같았지만
아무 말도 할 수 없었다.
　내 몸에 딱 맞는 옷이 없어서 엄마는
아동복을 주문했다. 다만 아동복은 길이가
너무 짧았기 때문에 하의만큼은 성인용으로
사 허리를 수선해 입었다. 치마든 바지든
옷을 들고 수선집에 가는 엄마의 얼굴에는
뿌듯함이 가득했다. '진짜로 이렇게 줄여요?

누가 입어요? 그 딸이? 살을 쫙 뺀 거야?
대단하네', 이런 말이 듣기 좋은 것 같았다.

한동네에 오래 살아서 그런지 오가며
인사를 하고 안부를 묻는 사람들이 많았다.
그동안 사람들은 내게 아무렇지 않게
한두 마디씩 던지곤 했다. 살이 더 찐 것
같다느니, 엄마한테 헬스장이라도 등록해달라
말해보라느니……. 먹을 걸 들고 가면 혼자 다
먹지 말고 가족하고 나눠 먹으라며 오지랖을
부렸다. 내가 살이 찐 건 사실이라서 어색하게
웃으며 '네네' 할 수밖에 없었다.

그런데 살이 빠지니까 확 달라졌다. 너무
예쁘다, 살 잘 뺐다, 살찐 사람은 안 긁은
복권이라더니 복권에 당첨된 거 축하한다,
대학교 들어가서 애인 생기겠다 등등.
엘리베이터를 타거나 동네를 돌아다닐 때마다
칭찬을 들었다. 살찐 게 잘못도 아니고, 살이

빠진 게 잘한 것도 아닌데 이상했다.

　설이 되자 엄마는 나를 머리끝부터
발끝까지 예쁘게 꾸며서 할머니 댁으로
데려갔다. 화장도 하려 했는데 피부에 무엇을
발라도 베이스가 떠서, 생기만 돌도록 틴트를
볼에 바르고 입술을 칠했다.
　화장도 했고 비싼 원피스도 입어서
예쁘다고 생각했는데, 할머니는 내 모습을
보자마자 너무 말랐다며 걱정을 하셨다.
예쁘다, 날씬하다는 칭찬만 받다가 걱정을
들으니 어색했다. 할머니는 내 안색이 좋지
않은 게 잘 안 먹어서 그런 것 같다며 사과나
배 같은 과일부터 한과와 약과, 전이나
산적 같은 걸 먹으라고 권해주셨다. 작년
추석에는 먹을 걸 주긴 했지만, 여자애가
만삭 임산부보다 배가 더 나오면 어떻게

하냐고 혀를 차셨기 때문에 하나도 먹지
않았다. 이번에는 먹을 수가 없어서 손을 댈
수 없었다. 이러나저러나 할머니 댁에서 마음
편히 먹지 못하는구나.

제사를 지내지 않아 준비할 건 없었지만,
식사는 해야 했기에 주방에서 분주하게
요리를 했다. 아빠는 거실에서 TV를 보고,
나는 할머니와 엄마를 도와 잔심부름을 하고
있었다. 현관 벨 소리가 들렸다. 큰아빠네였다.
문을 열어주자 밖에 눈이 내리고 있는지
머리와 어깨에 눈이 쌓여 있는 게 보였다.
큰아빠는 나를 알아보지 못한 듯 멈칫한 채
빤히 바라봤다.

"안녕하세요. 저 선아예요."

"세상에, 선아라고? 정말 선아 맞아? 이제
대학생이 된다더니 엄청 예뻐졌네!"

살이 이렇게 갑자기 빠졌으면 어디

아프냐고 물어봐야 하는 거 아닐까? 나 혼자만 그렇게 생각하는 거야? 나는 떨떠름한 속을 숨기며 큰아빠를 따라 웃었다. 큰아빠는 내 손을 잡고 악수를 하더니 바로 아빠에게로 가 두런두런 이야기를 나누었다. 큰엄마와 언니는 옷만 대충 갈아입고 나를 따라 주방으로 들어왔다. 큰엄마는 식사 준비를 하면서 말없이 나를 위아래로 살펴보더니 드디어 입을 열었다.

"지난번 추석에 봤을 때는 곧 터지는 게 아닐까 걱정했는데, 살 다 뺐네. 잘했다. 그래 수능도 끝났겠다, 너도 이제 대학생이 되었으니 가서 연애하려면 살은 빼야지. 비결이 뭐야? 운동? 아니야. 운동만으로는 단시간에 이렇게 빼기 힘들 것 같고…… 약 먹었어? 아무리 살을 빼고 싶어도 그렇지, 수상한 약 먹은 거 아니야? 동서, 선아 정말 괜찮은 거야?"

걱정하는 것처럼 보이지만 실상은 속을
박박 긁는 말이다. 큰엄마는 부지런하게
움직이면 살이 찔 수가 없다, 자기 관리를
못하니까 살이 찌는 거라고 말하는
사람이었다.

"엄마, 그렇게 말하면 욕이 욕 아닌 줄
알아?"

"욕은 이게 무슨 욕이니, 걱정이지! 동서,
선아 데리고 병원 가봐. 아니면 내가 저번에
소개해준 한의원 가봤어? 거기 의사 선생님이
체질에 따라 약을 잘 지어주셔. 전에는 살이
너무 찌고, 이번에는 살을 너무 빼고. 왜
이렇게 극단적이야. 우리 딸은 고 3 때 안
이랬는데, 선아가 보기와 달리 예민한 것
같아. 동서 힘들겠다."

사촌 언니인 이현 언니가 큰엄마에게

한마디 하자, 큰엄마는 언니의 팔을 찰싹
치고는 엄마를 위로했다.

　작년 추석 때 큰엄마가 살이 급격히
쪄서 나타난 나를 보며 경악을 하더니, 내가
아니라 엄마를 향해 아무리 고 3이라고 해도
몸 관리는 해야 하는 거 아니냐고 걱정하는
척 엄마의 속을 긁었다. 그뿐만 아니라
나에게도 꼭 한소리 했다. "이렇게 찌면
대학교 들어가기 전에 죽겠어." 아직도 그
말이 생각난다. 살이 쪘을 뿐 어디 아프거나,
움직이기 버겁지 않다고 말해도 살이 찐
상태가 유지되면 고혈압이니, 당뇨니,
지방간이니 이런저런 병에 걸릴지 모른다고
덧붙이는 통에 아예 입을 다물었었다.

　살이 찌면 찐 대로, 빠지면 빠진 대로
어떻게든 속을 긁는다. 한숨을 삼키는데
언니와 눈이 마주쳤다. 언니는 미안하다는

듯 눈짓했고, 나는 큰엄마 모르게 어깨를
들썩였다. 살 쪘을 때는 공부에 집중하느라
그렇다며 변명 아닌 변명을 하던 엄마가
웃으면서 입을 열었다.

"약은요 무슨. 형님 요새 유행하는
거 몰라요? 제습기 다이어트. 뉴스 좀
보셔야겠어요, 호호."

내가 미라인 걸 들킬까 전전긍긍하던
게 무색하게도 어느 날 갑자기 뉴스에
'제습기 다이어트'가 등장했다. 제습기를
켠 채로 자고 일어나면 미라가 되는데,
사람들은 그걸 미라화(化)가 아니라 '제습기
다이어트'라고 불렀다. 시도한 모든 사람이
다이어트에 성공하는 건 아니었다. 원인도
방법도 명확하지 않았다. 마치 로또처럼, 아니
로또보다 더 낮은 확률로 미라가 되는 것
같았다.

SNS에는 #제습기다이어트#제습기다이어트성공#미라되기#미라패션 같은 해시태그를 단 게시 글이 많았다. 발 빠른 사람은 미라의 마른 몸을 보여주기 위해 #미라핏패션이라는 해시태그를 달고 공동 구매를 열었다. 미라가 된 사람들보다는 미라가 되고 싶은 사람들이 댓글을 달았고, 벌써 5차 공동 구매를 하는 중이었다. '미라를 위한 팔찌', '미라의 피부 표현', '미라가 되어 좋은 점: 첫째 식비를 아낀다, 둘째 그 돈으로 옷을 살 수 있다' 같은 광고도 많았다. 미라는 선망받는 신인류가 된 것이다.

일종의 병인가? 바이러스인가? 그들을 살아 있다고 해야 하는 것인가? 미라가 된 사람을 죽이면 살인인가? 격리해야 하는가? 위험한가? 백신을 만들 수가 있는가? 등등. 각종 갑론을박, 시사 프로그램 〈100분

토론〉, 가정의학과 의사 인터뷰, 미라가 된 인플루언서 인터뷰, 미라가 되길 꿈꾸는 소녀의 인터뷰, 미라가 늘어나는 것을 걱정하는 다이어트 업계 인터뷰 등. 나라가 난리였다.

그러니 당연히 큰엄마도 알고 있을 터였다. 실제로 보는 게 처음이라 미처 생각하지 못한 것 같았다. 수상한 약을 먹었냐며 굵다가, 제습기 다이어트에 당첨되었다는 말을 듣고는 나를 위아래로 훑어봤다. 이상한 곳을 찾고야 말겠다는 집요한 눈빛. 엄마는 그런 큰엄마에게 어림도 없다는 듯이 턱을 치켜들며 웃었다.

"세상에, 운도 좋지······. 그 많은 살이 한 번에 빠지다니. 돈 굳었네."

"호호, 그러게요. 대학도 한 번에 잘 가고 살도 빠지고. 우리 선아가 엄마 말도 잘 듣고 공부도 열심히 한 덕분에 복받았나 봐요.
그보다 지석이는 아직도 취업 준비하느라
못 온 거예요? 작년에 고 3이었던 선아도
왔었는데, 명절 정도는 얼굴을 보여도
되잖아요. 이러다 지석이 얼굴도 잊겠어요."

"지석이 이야기는 갑자기 왜 해? 동서,
지금 내 속 긁는 거야?"

"긁다뇨, 걱정하는 거죠. 제 말을 그렇게
곡해하시면 섭섭해요. 안 그래도 장손이라고
어머님이 지석이 신경 많이 쓰시는데, 안 오면
어떻게 해요? 어머님 생각도 하셔야죠, 형님."

"동서, 지석이가 잘되어야 어머님도
기뻐하시는 거지. 어머님이 동서처럼 속 좁은
분인 줄 알아?"

어른들이 말다툼을 하려 하자 언니는
살짝 일어나서 내 손을 잡다가 멈칫했다. 나는
자연스럽게 손을 뺀 채 언니에게 눈짓했다.

우리는 롱 패딩을 입고 후드를 뒤집어쓴 다음 펑펑 내리는 눈을 맞으며 집 근처를 천천히 걸었다.

"선아야, 어디 아픈 곳은 없지?"

"응, 괜찮아."

"손잡을 때 너무 차가워서 걱정했어. 정말 괜찮은 거지?"

방학이라 만나는 사람이 없긴 했지만, 미라가 된 날 걱정하는 사람은 처음이었다. 인터넷을 보면 미라화가 복권 당첨이라고 떠들어댔다. 복부, 허벅지, 팔뚝 지방 흡입 얼마, 쌍꺼풀 수술 얼마, 코 수술 얼마, 종아리 축소 수술 얼마⋯⋯. 수술이 아니면 살 빼는 데 걸리는 시간과 헬스 PT 비용, 닭 가슴살과 샐러드 구매 비용, 운동복·운동화 비용 등을 계산해놓기도 했다. 인스타그램 게시 글에는 자기 친구를 부르며 우리도 도전하자는 댓글들이 줄줄이 달려 있었다.

"응…… 진짜 괜찮아. 걱정해줘서 고마워."

"우리 카페나 갈까? 아, 참. 너 못
마시지……."

"언니 마시고 싶으면 마셔. 앞에 앉아
있을게."

언니는 집에 들어가기가 정말 싫었는지
마시지 못하는 내 몫까지 커피를 주문해서
느긋하게 마시곤 일어섰다. 집에 들어가니
할머니와 엄마, 큰엄마가 식사 준비를 다 끝낸
뒤였다. 떡국, 갈비찜, 문어숙회, 양념게장,
산적, 김치전 등 맛있는 게 한가득 차려져
후각을 자극했다. 나는 냄새만 몇 번 맡다가
속이 좋지 않다는 말도 안 되는 핑계를 대며
방에 들어가 누웠다.

배고픔이 느껴지진 않았으나 음식들이
눈앞에 아른거렸다. 처음에는 심장이 뛰지

않는 줄 알았는데, 죽은 상태와 다를 바 없긴
하지만 심장이 아주아주 천천히 뛰고 있었다.
그러면 신진대사를 하는 것일 텐데도 나는
먹지도 마시지도 화장실을 가지도 않는다.
나는 앞으로 어떻게 되는 걸까. 이런저런
생각을 하며 몸을 뒤척이다가 이내 잠에
빠져들었다.

엄마는 나를 데리고 백화점, 옷 가게,
영화관, 카페, 바다, 산 등 여러 곳을 가고
싶어 하는 것 같았지만 모두 거절했다. 집 앞
슈퍼에서 콩나물 좀 사 오라는 식으로 엄마가
부탁하는 일상적인 심부름 빼고는 집에만
있었다. 미라가 된 다른 사람들은 여기저기
돌아다니면서 인생 사진을 찍는다는데 나는
다 귀찮고…… 무서웠다.
엄마는 눈치채지 못했지만, 당사자인 나는

안다. 머리카락, 손발톱이 자라지 않는다.
며칠째 세수하지 않아도 눈이 침침해지지
않았고, 머리를 감지 않아도 가렵거나
냄새나지 않았다. 안 씻으니까 좋다고
생각하려 했지만 무서워질 뿐이었다. 우울은
수용성이라는 말도 있고, 기분 전환도 할 겸
따뜻한 물로 샤워를 하려고 했지만 별 느낌이
없었다. 이제는 물 온도를 느낄 수 없을뿐더러
젖지도 않았다. 샤워기 아래 가만히 서 있다가
애꿎은 물 낭비만 하는 것 같아 나왔다.
물방울이 맺히지도 않고 바로 굴러떨어져서
수건도 필요 없었다. 좀비였으면 썩었을 텐데,
미라라서 다행이라고 생각해야 하는 건지
모르겠다.

　　우리 아파트 단지에 있는 놀이터에 가면
오지랖 넓은 사람과 마주칠까 봐 다른 아파트
단지로 갔다. 밤이라 그런지 놀이터에서 노는

아이들은 없었다. 가로등 불빛 아래 걸쳐 있는
그네에 앉았다. 뚱뚱했을 때는 그네에 앉기만
해도 끼익끼익 소리가 나서 앉을 생각도 못
했는데, 미라가 되니까 가볍게 탈 수 있는 건
좋았다.

바람을 가르며 신나게 그네를 타고
있었다. 어떤 남자가 손에 담뱃갑을 들고
놀이터 안으로 들어왔다. 놀이터 끝에 있는
벤치에서 담배를 피우려는 듯했다. 눈이
마주친 것 같았지만 어두워서 확실하지
않았다. 나는 서서히 그네를 멈추고 어둠
속으로 걸어갔다.

남자가 담배를 피우는 시간과 내 마음이
싱숭생숭한 시간이 맞았는지 그 뒤로
놀이터에서 자주 마주쳤었다. 바통 터치를
하듯이, 나는 그네를 타고 있다가 남자가
나타나면 그네에서 일어났다.

어느 날 남자가 놀이터에 왔는데도 나는 그네에서 일어나지 않았다. 남자는 그네를 지나고 미끄럼틀을 지나 벤치에 앉아 담배에 불을 붙였다. 후우 하고 퍼지는 담배 연기를 보며 나도 후우 입바람을 불어봤다. 숨을 마시고 내쉬는 것도 예전 같지 않았다. 입김은 아주 작고 연약했다. 담배를 물고 있으면 숨을 쉬는 것 같을까? 금방 사그라드는 입김을 하염없이 바라보다가 남자가 놀이터를 떠난 뒤에야 집으로 돌아갔다.

우리는 종종 겨울밤의 시간을 각자의 자리를 지킨 채 공유했다. 얼굴도 제대로 모르고 말 한 번 섞은 적 없지만, 그 남자 덕분에 쓸쓸하지 않았다.

가만히 있으니 할 수 있는 걸 해보기로 했다. 보통의 신입생이라면 할 만한 것들.

쇼핑, 화장같이 나 자신을 꾸미는 일 말이다. 유튜브에서 신입생 메이크업, 봄맞이 메이크업 같은 걸 봤다. 얼굴이 화사해지고 눈이 커지며 콧대가 높아졌다. 따라 하려고 했지만 따라 할 수 없었다. 산 사람이 하는 미라 화장법도 찾아서 해봤지만 소용없었다. 퍼프로 열심히 두드려도 베이스가 피부 위에 겉돌아서 사람 같지 않은 티만 확 났다.

차라리 피부 자체를 꾸며보자는 생각에 보디 오일을 사서 발랐다. 산뜻한 시트러스 향이 맴돌았다. 오일이 흡수되지 않아 피부 표면에 머물렀지만, 덕분에 약간의 광이 났다. 입술에 붉은색 틴트만 발랐는데도 전체적으로 생기 있게 보였다. 뭔가를 먹을 일이 없으니 문지르지 않는 한 지워질 일도 없을 것이다. 반영구 입술 문신도 한다는데 돈 안 들이고 좋네. 나는 내 모습의 좋은 점을, 보통 사람과

다르지 않은 점을 찾으려 애썼지만, 노력하면
할수록 사람이 아니라는 생각이 강해졌다.

　개강 전에 하는 오리엔테이션에는 가지
않았다. 신입생 수강 신청도 학교 공지를
보고 집에서 했다. 온라인 수업으로 다
채울 수 있다면 얼마나 좋을까. 재수해서
사이버대학교 간다고 하면 엄마가
기절하겠지? 첫 주 수업은 수강 신청 정정
기간이라 수업을 듣지 않아도 된다고 해서 안
갔다. 이번 주도 가기 싫었다. 이런 내 생각도
모른 채 엄마는 가서 여러 사람 만나 즐겁게
놀고 오라며 등을 떠밀었다.

　"엄마, 나 안 이상해?"

　"뭐가 이상해? 아, 화장? 예뻐, 아주 예뻐
우리 딸. 피부가 원래 희니까 입술만 칠해도
얼굴이 산다."

　엄마는 아무렇지 않게 웃으면서 말했다.

그러면서 습관적으로 제습기가 얼마나 차 있는지 확인했다. 혹시라도 내 몸에 습기가 차서 다시 살찔까 봐 무서워하는 것 같았다. 부모님은 거실에 있는 화장실을 아예 건식으로 만들고, 안방에 딸린 화장실만 사용하셨다.

"갔다 올게."

"잘 갔다 와. 애인 생기면 엄마한테 꼭 보여주기야."

애인은커녕 친구가 생기긴 할까? 뉴스에서 제습기 다이어트라고 떠들어댄 탓에 선망의 대상이 되었다지만 실제로 미라가 된 사람을 보면 무슨 생각이 들까? 얼핏 보면 미라인 게 티가 나지는 않지만, 가까이에서 자세히 관찰하면 생기가 느껴지지 않는다. 차라리 아픈 사람으로 착각하면 좋을 텐데. 걱정하는 마음으로 들어간 강의실이었으나 이렇게 반겨줄 줄 몰랐다.

　"안녕, 네가 유선아구나. 나는 과대
김명한이야. 재수해서 한 살 많지만 편하게
대해줘."

　"안녕하세요."

　"말 편하게 하라니까. 그런데 너 혹시……
미라야?"

　과대의 말이 끝나자 주변이 조용해졌다.
일부러 사람들이 많을 때 말한 건가, 아니면
생각이 없는 사람인가? 모르겠다. 나를
위아래로 훑어보는 저 눈을 찌르고 싶었다.

　"왜요?"

　"아, 아니 너무 예쁜데 툭 치면 부러질
것처럼 말라서 물어봤어. 하긴, 요새 마른
사람들이 워낙 많아서 미라랑 잘 구분이 안
되긴 하지. 실례였다면 미안."

　"사과는 받을게요. 그리고 미라는 맞아요.

이제 자리에 앉아도 되죠?"

"어? 어어……."

어차피 물도 마실 수가 없는 처지이니 미라라는 건 밝혀야 할 일이었고 그렇다면 일찍 말하는 편이 나았다. 자리에 앉자 사방에서 날 바라보는 시선이 느껴졌다. 귓속말하는 사람들이 모두 내 이야기를 하는 것 같았다.

"그, 수업 끝나고 학과 사무실에 가봐. 필수로 수강해야 할 강의인데 네가 신청을 안 한 게 있더라고. 조교 형이 열어줄 거야."

"감사합니다."

강의실이 작아 내 옆자리에 사람이 있는 게 다행인지 불행인지 모르겠다. 시선을 앞에만 둔 채 허리를 꼿꼿하게 세우고 있는데, 오른쪽에 앉은 사람이 말을 걸었다.

"안녕! 나는 김유진이야! 이 수업

교수님이 첫 수업부터 강의를 했는데 내가
필기한 거 보여줄까?"

"아, 고마워."

내가 순순히 대답하자 그 옆에 있던
사람도 말을 걸었다.

"근데 너 되게 예쁘다. 그동안 동영상에서
자기가 미라라고 했던 미라들 중에 제일
예쁜데? 그냥 살이 쫙 빠진 사람 같아. 진짜
부럽다!"

"맞아. 키 크고 날씬하고. 쇼핑몰 모델
일 할 생각은 없어? 미라 모델! 인기 많을 것
같은데!"

"아하하……."

"관심 있으면 말해. 우리 언니가 쇼핑몰
하는데 모델 찾고 있거든."

"괜찮아."

"선아는 수줍음이 많나 봐! 귀엽다!"

미라가 되면 기분이 어떠냐, 원래 모습은 어땠냐, 피부 관리는 어떻게 하냐, 엄청 말랐는데 옷은 어디서 사냐, 허리 사이즈가 몇이냐, 혹시 아동복 입냐 등등 질문이 쏟아졌다. 서슴없이 손을 만지기도 하고 얼굴을 가까이 들이대며 쳐다보는 게 부담스러웠다. 내가 어쩔 줄 몰라 하자 여자애들끼리 눈을 마주치고 어깨를 으쓱거렸다. 입을 열려고 할 때 문이 열리면서 교수님이 들어왔다.

수업이 끝나고 유진이의 도움을 받아 학과 사무실에 도착했다. 조교는 나를 위아래로 훑어보더니 얼굴을 제일 오랫동안 들여다봤다.

"저 찾으셨어요?"

"아, 어. 네가 수강 신청을 안 한 게 있어서. 1학년 전공 필수거든. 지금 열어줄 테니까 이쪽 컴퓨터에서 신청해."

다른 책상에 앉아 조교가 알려주는 대로
수업을 신청했다. 대신 교양 하나를 취소해야
했지만, 조교가 보고서 과제가 너무 많은
강의라 안 듣는 게 낫다는 말을 해줘서 미련은
없었다. 수업을 바꿔도 금요일은 공강인 것도
좋았다.

"감사합니다. 이만 가볼게요."

"혹시 학과 생활하다가 어려운 거
있으면 말해. 나도 이 학과 선배니까, 과제를
도와주거나 족보를 구해줄 수도 있어."

"아……. 감사합니다."

"그, 이 주변에 어느 식당이 제일 맛있고,
어디가 한가한지도 알아. 아메리카노는
후문에 있는 노란 간판 카페가 가격 대비 제일
맛있어. 라테 맛집은 조금 더 걸어야 나오고.
곧 점심시간인데 같이 밥 먹을래? 내가

사줄게."

"저 미라인데요."

"아……. 아, 그렇구나. 미라는 못 먹지.
미라라도 좋은데……."

나는 조교를 빤히 바라보다가 괜찮다며
인사를 하고 학과 사무실을 나왔다. 다음
수업을 듣기 위해 강의실로 가야 했지만
가고 싶지 않았다. 학과 사무실 앞 복도에
멍하니 서 있자 내가 길을 몰라서 그런 것이라
생각했는지 지나가던 남자가 말을 걸어왔다.
새내기인 것 같은데 도움이 필요하냐고 묻는
얼굴에는 가당찮은 웃음이 걸려 있었다. 나는
괜찮다는 말로 거절하고 재빨리 근처에 있는
화장실로 들어갔다.

화장실에는 아무도 없었다. 가만히 서서
거울 속의 나를 들여다봤다. 정성스럽게
소량의 기름을 덧발라 윤이 나는 피부와 처음

미라가 됐을 때보다 조금 더 마른 몸이 눈에 들어왔다. 그래도 예뻤다. 객관적으로 봐도 나는 아주 예뻤다. 인스타그램에서 보던 미인 같았다. 미라라는 게 문제가 될 줄 알았는데, 예뻐서 미라인 줄 알았다고? 미라라도 괜찮다고? 예쁜 게 권력이라는 말이 문득 떠올랐다.

나는 괜히 수도꼭지를 한 번 들었다가 내렸다. 물기 하나 없는 손에 장미향이 나는 오일을 가볍게 바르고 화장실을 나왔다.

추위도 더위도 잘 느끼지 못했지만, 주변 사람들의 옷차림에 맞춰 점점 가볍고 얇게 입었다. 롱 패딩에서 코트로, 코트에서 야상으로, 야상에서 카디건으로 갈아입는 동안 보는 사람마다 예쁘다, 뭘 입어도 잘 어울린다, 모델 같다고 하니 점점 자신감이 생겼다.

　사이즈만 맞으면 같은 옷을 여러 벌 샀던 전과 달리 내가 옷을 이것저것 장바구니에 담는데도 엄마는 다 사 줬다. 그동안 아무렇게나 입었던 딸에 대한 한을 푸는 것처럼 택배가 오면 같이 뜯어서 옷을 구경했다. 옷을 걸쳐보고 단추를 어디까지 푸는 게 나은지, 어떤 가방과 어떤 신발과 어울릴지 머리를 맞대고 고민해보기도 했다. 엄마와 나는 웃고 떠들면서 이 옷 저 옷 입어보고 거실을 런웨이 삼아 걷다가 포즈를 취하기도 했다.

　색도 여러 가지 도전해봤으나 제일 생기 있어 보이는 건 아이러니하게도 검은색이었다. 검은색, 흰색 등 무채색 계통의 옷을 입자 인상이 서늘하고 차가워졌지만, 훨씬 더 사람처럼 느껴졌다.

예쁘게 꾸미고 다녀서 그런지 집과 학교를 오가는 동안 나에게 관심을 보이는 사람이 많았다. 번호를 달라거나, 남자친구가 있냐고 물었다. 처음에 그런 질문을 받았을 때는 어쩔 줄 몰라 했으나 잡는 사람이 늘어나니까 귀찮아지기만 했다. 거절을 거절로 받아들이지 못하고 끈질기게 붙잡는 사람까지 있었는데, 무표정으로 가만히 바라보면 겁먹고 사라졌다. 아마 죽은 것과 다름없는 존재에게서 느껴지는 무언가가 있는 거겠지.

나는 내가 미라라는 걸 잘 활용했다. 잠을 자지 않아도 피곤하지 않다는 걸 깨닫게 된 다음부터 공부할 시간도, 취미를 즐길 시간도 늘어났다. 고통도 느끼지 못해 뜨개질을 하루 종일 해도 손가락이 아프지 않았고, 밤에 불을 끄고 휴대폰을 봐도 눈이 뻐근하지 않았으며,

자세가 아무리 나빠도 목과 허리가 멀쩡했다.

그러나 어쩔 수 없는 게 있었다. 먹을 수 없다는 것. 다들 먹고 있을 때 자리만 차지하고 있으면 기분이 이상했다. 그때야말로 내가 사람이 아니라는 게 생생하게 다가왔다. 아무것도 먹지 않으면 주위에서 미라냐고 수군거렸고, 먹는 척을 하면 억지로 그러지 말라고 말렸다. 그저 키링이나 인형처럼 자리를 지켜주기만을 바랐다. 아예 가지 않는 게 좋다는 걸 알면서도 함께 있고 싶다는 부탁에 이끌려 몇 번 같이 갔지만, 점점 지쳐갔다.

동기들이 맛집 이야기 하는 걸 듣는데, 예전에 갔던 곳이 나와서 한마디 했더니, 미라인데 뭘 아는 척하냐고 깔깔거리며 웃었다. 처음부터 미라였던 게 아닌데. 1인 1주문이 기본인 카페였지만, 카페 사장은 내가 미라라는 걸 눈치채고는 당연한 듯 나를 배제했다. 왜 음료수를 사람 수대로 주문하지 않느냐고 따지지 않았다. 내가 주문하려고 해도 괜찮다며 배려를 했다. 마실 수 없는 거지 향도 못 맡는 건 아닌데.

이런 경험들이 계속 쌓여갔고 어느 순간부터는 동기들이 수업 끝나고 카페에 가자고 해도 계속 거절하게 되었다. 어차피 카페에 가서 과제 이야기는 조금 할 테고 그 뒤로는 어느 식당의 어느 메뉴가 맛있다느니, 어떤 카페가 새로 생겼는데 벌써 오픈 런을 한다느니 같은 말을 할 게 뻔했다. 게다가 대화하다가 "아, 맞다. 너는 이런 거 모를 텐데……" 하며 미안한 듯 비꼬는 듯 하는 말도 듣고 싶지 않았다.

"오늘도 거절할 거야?"

"미안."

"네가 아르바이트를 하는 것도 아니면서 우리한테 쓸 시간도 없어? 내가 며칠 전부터 내 썸남 오빠 소개해준다고 시간 빼놓으라고 했었잖아. 너무해."

유진이는 섭섭한 듯 입술을 삐죽였다. 그러나 나도 매번 가기 싫다고 말했었다. 내가 왜 가기 싫다고 하는지 알면서 자꾸 권하는 유진에게 슬슬 짜증이 났다. 미라인 나와 어울리면서 사람들 시선을 받고 싶은 거 아니냐는 말이 목 끝까지 차올랐으나 삼켰다.

"우리, 친구가 맞긴 해?"

그 말에 어떤 대답을 해야 할지 몰랐다. 너희들이야말로 나를 친구로 생각하긴 해? 팔짱을 끼거나 표정을 굳힌 채 서 있는 다른 애들을 둘러봤다. 내게서 어떤 기운이 흘러나왔는지, 눈이 마주치자 애들의 안색이 창백해졌다. 나는 고개를 한 번 내저어 화를 가라앉히고 말했다.

"내일 보자."

혼자서 건물 밖으로 나왔다가 강의실에
휴대폰을 두고 와서 되돌아가는 길이었다.
계단에서 친구들이 내려오는지 말소리가
들렸다. 못 들은 척 그냥 가려고 했는데 내
이름이 들렸고 본능적으로 몸을 숨겼다.

"조금만 더 있으면 사람 치겠더라. 걔는
미라가 된 게 뭐 유세라고 계속 팅기는 거야?"

"미라가 된 게 유세 맞지. 걔는 지금 당장
유튜브만 해도 돈 많이 벌걸?"

"혹시 사람들 보면 먹고 싶어지니까
피하는 거 아닐까?"

"그건 좀비 아냐? 근데 아까 걔 눈빛 보면
누구 하나 죽일 것처럼 무섭긴 하더라."

"날이 점점 더워지는데, 걔 설마 그 몸으로
반소매 티나 얇은 여름옷 입는 건 아니겠지?

진짜 꼴 보기 싫을 것 같아. 그나저나 오늘은 꼭 데려가겠다고 오빠들한테 큰소리쳤는데 또 실패네. 벌주 먹겠다."

손쉽게 살을 뺐다는 것에 대해, 먹지 않아도 된다는 것에 대해, 앞으로도 살찔 일이 없다는 것에 대해 질투하는 사람들이 있다는 걸 안다. 음식을 먹지 못하는 즐거움이야 감수해야 하는 게 아니냐고, 외모 지상주의인 세상에서 마르고 예쁘다는 권력을 얻었으니 누리라고 조언해주는 사람들이 있다는 것도.

실제로 패션모델, 연예인, 유튜버가 되는 건 어떠냐는 제안도 꽤 받았다. 패션모델이 되면 패션계를 휩쓸고, 연예인이 되면 광고로만 몇천만 원을 쉽게 벌 테고, 유튜버가 되면 금방 골드 버튼을 받을 것이다. 미라라는 것만으로 취업 걱정도, 돈 걱정도 없겠지.

유난히 나를 비꼬는 저 애는 밤마다

제습기를 틀고 잘 것이다. 나한테 어떻게 하면 미라가 될 수 있냐고 물어봤을 때 내가 잘 모르겠다고 말한 뒤부터 계속 나에게 적대감을 보이니까.

나는 병에 걸린 게 아니다. 미라다. 숨을 쉬지 않아도 활동할 수 있었고 심장은 이제 뛰는지 멈췄는지 모르겠다. 어쩌면 이미 멈췄는데 아주아주 느리게 뛰고 있다고 착각한 걸 수도 있다. 아득바득 죽은 것과 다름없다고 했지만 실은 이미 죽은 건지도 모른다. 나는 그냥 미라다. 사람이 될 가능성도 없다. 저 애들은 모른다. 미라가 얼마나 외로운지. 아이와 동물이 얼마나 나를 무서워하는지. 사람들이 나와 닿지 않으려 얼마나 애를 쓰는지.

나를 선망하고 적대하고 질투하고 무시하고 나를 이용해 관심받으려는 사람들

속에 있기 위해 노력하는 것만으로도 아주
많이 지친다.

　학교에서 돌아온 뒤에는 예전 그
놀이터에 있다가 저녁 식사 시간 이후에
들어가곤 했다. 비슷한 시간에 나와도 해가
길어져서 그런지 아직 날이 많이 어둡지
않았다. 해가 점점 길어지면 아이들이
늦게까지 놀 테니까 놀이터에는 더 늦게 오는
게 좋을 터였다.

　"그네 타는 거 재밌어요?"

　갑작스러운 말소리에 놀라 벌떡 일어났다.
남자는 내가 너무 놀라자 깜짝 놀란 표정을
짓더니 천천히 그네 쪽으로, 가로등 불빛
아래로 걸어왔다. 편안한 추리닝을 입고
손에는 담뱃갑과 라이터를 들고 있었다.
서로의 얼굴을 확인할 수 있을 만큼 거리가

가까워졌다. 나는 정신을 차리고 그늘 속으로 뒷걸음질 쳤다.

"놀라게 할 생각은 없었는데 미안해요. 계속 보다 보니까 궁금해져서요. 집에 갈 테니까 계속 타요. 다시 한번 미안해요."

남자는 정중하게 사과를 했다. 가까이 접근하면 내가 겁먹을까 봐 빙 돌아서 놀이터를 벗어났다. 나는 남자의 뒷모습이 보이지 않을 때까지 가만히 서 있다가 서둘러 집으로 돌아왔다.

그러나 우리는 다음 날도, 그다음 날에도 같은 공간에 있었다. 남자는 담배를 피우다가 내가 오면 끄거나, 내가 먼저 와 있으면 담배를 피우지 않고 가만히 앉아 있었다. 그러다가 어느 날은 담배 대신 음료수 두 병을 들고 와서 하나는 내 근처에 두고 나머지 하나를 손에 들고 벤치에 앉았다. 어차피

먹을 수 없으니 받지도 않은 건데, 남자는
그게 믿지 못해서 그런 거라 생각했는지 내가
보는 앞에서 음료수를 따서 입 대지 않고
한 모금 마신 다음에 내려놨다. 섬세하고
상냥한 모습에 망설이다가 병을 들었다.
자몽에이드였다. 나는 그걸 두 손으로 잡은 채
발만 까닥이며 그네를 타다가 가방에 챙겨서
놀이터를 나왔다.

　　그런 상황이 계속되다 보니 인사를 하게
되고, 통성명을 하게 되고, 남자를 오빠라고
부르게 되었다. 나는 학교 이야기, 오빠는
회사 이야기를 하면서 점점 가까워졌다.
오빠가 노란 프리지어가 가득한 꽃다발을
내밀었을 때, 내가 미라라는 걸 밝힐 수밖에
없었다.

　　"미라? 미라라고?"

　　미라인 걸 밝혔을 때 오빠가 나를 두

번 다시 아는 척하지 않을지도 모른다고
생각했다. 각오하고 말하긴 했지만 그래도
떨리는 건 어쩔 수 없었다. 혹은 처음 만났을
때처럼 같은 공간에 있을 뿐 오빠는 담배를
피우고, 나는 그네를 타고 있기만 해도 괜찮을
것 같았다. 그러나 오빠는, 아니 이 새끼는
내가 상상한 최악과 최선을 모두 벗어났다.

"너 섹스해봤어? 나랑 해볼래?"

"네?"

"솔직히…… 아무리 예쁘다고 해도 누가
미라랑 섹스하고 싶겠어? 너무 삐쩍 말라서
잡는 맛도 없을 텐데."

남자는 잡는 맛을 말하면서 내 가슴을
빤히 쳐다봤고 한 손으로 가슴 위치를
주물럭거리는 손짓을 했다. 가슴만
언급하기는 아쉬웠는지 엉덩이 쪽을 주무르는
손짓도 했다.

"그런데 나는 미라랑 섹스하면 어떤지 궁금하거든. 남자 맛도 모르는 건 너도 억울하지 않겠어? 한 번 하자. 서로 좋잖아."

순식간에 누구도 나를 사랑해주지 않아서 앞으로 섹스를 못 할까 봐 전전긍긍하는 미라 여자가 되었다. 보통의 마른 여자라면 힘이 없을 수 있겠지만 나는 미라였다. 어딘가에 부딪친다고 부러졌으면 진작에 부러졌겠지.

내가 웃자 이 새끼도 웃었다. 내가 따라올 줄 알고 등을 돌려 걸었다. 남자의 손에서 꽃다발이 거칠게 흔들리며 팔랑팔랑 꽃잎이 떨어졌다. 나는 그 뒤를 따라 걷다가 남자의 다리를 후려 찼다. 남자는 비명을 지르며 앞으로 넘어졌다. 넘어지면서 무릎을 부딪쳤는지 또 소리를 질렀다.

"나처럼 삐쩍 마른 여자가 찼다고 넘어지는 힘없는 남자를 누가 좋아하겠어.

안녕."

울고 싶었지만 눈물이 나오지 않아서
씩씩하게 밤거리를 걸었다. 이제 다 필요
없다. 모든 게 끝이다.

학교에 가지 않았다. 동기와 친구들에게
연락이 왔지만 다 무시했다. 계속 무시하니까
더는 연락이 오지 않았다. 엄마는 내 방
앞에서 학교에 가라고 말했지만, 방문을 열지
않았다. 어느 순간부터 엄마도 내 몸에 닿지
않으려 했으니까. 내게서 죽음의 기운이 줄줄
흘러나오는 걸까.

언젠가부터 잠을 잘 수가 없게 되었다.
잠을 자지 않아도 괜찮았던 거지 자려고 하면
잘 수 있었는데, 이제는 그게 되지 않았다.
기나긴 시간을 채우기 위해 컴퓨터로 바다
영상이나 비 오는 풍경 같은 걸 틀어놓고

누워 있거나, 그동안 뜨개질한 걸 다 풀어서
새로 뜨거나, 밀린 드라마를 봤다. 유튜브에
들어가면 미라에 대한 동영상이 많았다.
미라에 대한 건 더는 보지 않았는데도,
알고리즘 때문인지 미라를 향한 인기가
아직도 뜨겁기 때문인지 자꾸만 눈에 띄었다.
섬네일을 보는 것만으로도 스트레스라서
노트북도 계속 덮어뒀다.

그래서 눈을 감고 밖에서 들리는 소리에
귀를 기울이게 되었다. 우리 집은 1층인데, 내
방 창문 너머에는 라일락 나무가 있었다. 요
며칠 살짝 열어둔 창문 사이로 라일락 향기가
흘러들어왔다. 눈을 감고 이파리에 부딪치는
바람 소리와 주차하는 소리, 바퀴 달린
장바구니가 바닥을 구르는 소리, 아이들이
뛰어가는 소리를 들었다. 갓 튀긴 치킨 냄새,
따뜻한 피자 냄새, 비가 오기 전 눅눅한 냄새

사이에서 라일락 향기를 맡으며 불현듯
무언가를 깨달았다.

나는 잠자고 있는 씨앗이자 묘목인
것이다. 예전에 지나가듯 한 기사를 본 적이
있다. 아주 오래된 씨앗을 발견했고 물기 없이
바싹 말라서 살아 있는지 장담할 수 없다고
했다. 그러나 그 씨앗은 결국 싹을 틔웠다.

어쩌면 지금 나는 수분이 날아가고 바싹
건조된 미라가 아니라 싹이 나기를 기다리는
씨앗이 아닐까?

때마침 빗방울이 떨어지기 시작했다.
토독토독 부드럽게 내리는 봄비였다.
라일락 나무는 봄비를 맞고 꽃을 더 활짝
피우겠지. 창문을 넘었다. 가벼운 몸짓이었다.
고양이처럼 살포시 화단에 내려온 걸 보니 내
생각에 더 확신이 들었다. 움직임이 부드럽고
힘이 넘쳤다.

아무런 감각도 느껴지지 않았던 맨발에
닿는 느낌이 축축하고 따뜻했다. 그동안
튕겨 나가기만 했었는데 피부 위에 떨어진
빗방울들이 쏙쏙 흡수되는 게 보였다. 한 걸음
걸어가 나무 바로 아래 서서 고개를 들었다.
봄이라서 그런지 빗방울도 따뜻했다. 물기에
젖은 라일락 향기가 콧속으로 들어왔다. 내
안에서도 꽃이 퐁퐁 피어오르는 것 같았다.
사람들은 라일락을 보며 예쁘다고 감탄하고
눈을 감고 향을 맡으며 행복해했다. 내가 지금
행복하듯이.

눈을 감은 채 라일락 나무를 끌어안고
비를 흠뻑 맞았다. 내 안에서 꽃이 피어나는
듯했다. 이제 이 나무는, 아파트가 허물어지고
아스팔트가 갈라져 흙이 드러날 정도로
무럭무럭 자라나 아주 오랫동안 꽃이 피고
지고 또 피고 질 것이다.

작가의 말

엄마가 주인공의 방에 제습기를 틀며
"우리 딸 미라 되면 어떻게 해!"(6쪽) 하는
농담은 실제로 제가 제 방에 있을 때 엄마가
제습기를 끌고 오며 하신 말씀입니다. 저는
정말로 제습기로 살을 뺄 수 있으면 좋겠다고
생각했고, 그렇게 이 작품을 구상하기
시작했습니다.

소설을 쓰면서 여러 생각이 들었습니다.
같은 몸인데도 보는 사람에 따라 너무
말랐다고 흉을 보거나 너무 예쁘다고

칭찬을 합니다. 걱정이라는 핑계로 타인에게
살을 빼는 게 좋겠다고 말합니다. 스스로
불만족스러워도 있는 그대로를 받아들이며
살겠다고 해도, 자기 자신이 마음에 들어도,
혹은 특별히 생각하지 않아도, 타인의 잣대
위에 오르는 순간 어쩔 수 없이 마음이
휩쓸리는 일이 생깁니다. 저 또한 그렇습니다.

처음의 선아는 자신에게 다가온 남자가
미라가 된 자신을 어떻게 해보려는 걸
깨닫고 절망합니다. 애인도, 친구도, 하물며
엄마마저 자신을 사랑하는 것 같지 않아 비를
맞으면 온전히 죽음에 이를 걸 알면서도
쏟아져 내리는 빗속으로 나가는 결말을
생각했습니다.

하지만 쓰면서, 사람의 몸이 어떻게
변했건 그건 그 사람의 잘못이 아니기 때문에
이렇게 선아를 보낼 수 없다는 생각이

들었습니다. 그러다가 문득 몇백 년, 몇천 년 된 씨앗이 다시 발아했다는 기사를 본 게 생각났습니다. 절망 속에서도 희망을 선택할 선아에게 또 다른 생을 주고 싶어 이런 결말을 쓰게 되었습니다. 선아는 아주 오랫동안 푸르겠지요.

이 책을 읽어주신 분들께 감사드립니다. 가끔은 힘들고 지칠 때가 있겠지만, 그보다 더 많이 즐겁고 행복하시길 바랍니다.

2023년 12월

김청귤

wefic – 45

제습기 다이어트

초판 1쇄 인쇄 2023년 12월 22일
초판 1쇄 발행 2024년 1월 10일

지은이 김청귤
펴낸이 이승현

출판2 본부장 박태근
스토리 독자 팀장 김소연
편집 곽선희 김해지 이은정 조은혜
디자인 이세호

펴낸곳 ㈜위즈덤하우스 **출판등록** 2000년 5월 23일 제13-1071호
주소 서울특별시 마포구 양화로 19 합정오피스빌딩 17층
전화 02) 2179-5600 **홈페이지** www.wisdomhouse.co.kr

ⓒ 김청귤, 2024

ISBN 979-11-6812-746-3 04810
        979-11-6812-700-5 (세트)

값 13,000원

한 조각의 문학, 위픽 (wefic)